AF291491

ARCHAI

Viaggio su Neviv

Eloisel e Adrok

(spin-off)

di Letizia Finato

Credits

Editing e impaginazione: Felixia

Cover: elaborazione grafica su disegno di Letizia Finato

Un grazie dal profondo del cuore a Raffaella Finato e alla prof.ssa Fiorenza Chiarello per la preziosa collaborazione.

Ringraziandovi, fin da ora, per l'attenzione che avete voluto dedicare a questo mio piccolo contributo al meraviglioso mondo della lettura, mi rendo disponibile nel rispondere a curiosità e domande sui miei lavori invitandovi nella mia pagina facebook.
www.facebook.com/pennadiluce

Introduzione

Un pensiero mi assilla da molto tempo: come far vedere, immaginare, comprendere quale sia il mondo che nella mia mente, per tanti anni, mi ha accompagnato, nei lunghi pomeriggi d'inverno, seduta accanto al focolare a scrivere, scrivere e ancora scrivere.

Davanti a quel camino, sul tavolo della cucina, è nato un libro "ARCHAI il blu infinito nell'universo", già pubblicato, ma ora mi sono accorta che qualcosa manca.

Una mappa. Sì, una mappa per poter viaggiare assieme a Heèri, Lham e gli altri.

Bellissima idea! L'ho disegnata, ridisegnata, ma non sono ancora soddisfatta. Non sono una cartografa e la trovo ancora piena di difetti (nelle ultime pagine del racconto la potrete comunque trovare, non ridete, per favore).

Ma ancora non mi basta, non mi può bastare! Ed ecco una lampadina accendersi nella mia testa: un reportage, una via di mezzo fra un racconto e un diario ... perché no?!

Allora eccolo qui, in questo piccolo libriccino, una parte di quello che ho visto, sentito, provato, perché ... IO, su Neviv, ci sono stata davvero!

PARTE 1^

Viaggio su Neviv

Tichemp, l'arrivo

Cammino. Un'immensa distesa erbosa, un mare frusciante giallo verde si disperde a vista d'occhio attorno a me. Il sole accecante scalda le mie spalle e mi ferisce gli occhi. Laggiù, lontano si intravedono delle montagne, quasi nere su questo giallo sfolgorante.

«Dove sono? Che posto è questo?» il panico quasi mi assale, forse è solo un incubo.

«Siamo nelle pianure di Tichemp» una voce gentile, delicata e mi giro.

Di fronte a me, una ragazza mi sorride.

«Sei su Neviv. Bene arrivata, da tanto tempo ti aspettavamo.»

La guardo stranita. "Aspettare me? E perché poi?" mi domando.

"Perché le tue mani racconteranno una storia e la porterai con te sul tuo pianeta, sulla Terra. Così sapranno ... che non sono soli nell'universo."

Le sue labbra non si sono mosse e ride della mia sorpresa.

«Il mio nome è Heèri, vieni con me e conoscerai ogni cosa.»

Whurd, la città fortezza

Finalmente. Sono molto stanca. È stata una lunga marcia. Quel sole implacabile ci ha accompagnato tutto il giorno, nemmeno una nuvola in questo cielo azzurro. Il Sole, no, scusami il Solail, così si chiama la stella che scalda le terre di Neviv...

Come ti dicevo, il Solail sta per tramontare e siamo sotto le mura della città di Whurd. Già da lontano mi aveva messo soggezione, così maestosa, aggrappata alla montagna, circondata da non uno ma ben tre anelli concentrici di robuste mura. E ora sono qui, sotto la prima cinta, davanti al portale della torre di vedetta ovest ... Fa davvero impressione e mette una certa inquietudine.

«Forza, entriamo. Fra poco chiuderanno il portale e preferirei dormire in un morbido letto» mi sollecita la mia compagna di viaggio.

«Eccomi!» esclamo e la raggiungo.

Oltrepasso un solido ponte di legno. Sembra costruito da poco. Mi sporgo un attimo dalla balaustra e sotto si spalanca un orrido senza fondo, con un brivido mi ritraggo e mi mantengo ben al centro.

Gli armigeri salutano con deferenza Heèri, nel loro sguardo mi pare ci sia anche molto affetto, quasi adorazione. Si spostano per lasciarci passare.

Qualche passo oltre le mura e quasi mi scontro con un grosso animale peloso. Un balzo indietro. Per la miseria che spavento! Non ho mai visto una bestia simile: sembra un grosso, enorme, gigantesco gatto dal pelo lungo. E di un gatto ha tutto: baffi, denti e anche artigli! Alzo gli occhi e con mio stupore sopra ci vedo seduto un uomo.

«Tranquilla, non ti farà nulla. È un khinor» mi tranquillizza Heèri.

«Nel tuo mondo sono molto più piccoli, vero?» dice sorridendo «È grosso, ma è un animale mansueto: è stato addestrato negli allevamenti nelle campagne della città di Rodar, come fate voi con i cavalli. Allo stato brado è pericoloso, ma una volta domato ci serve per spostarci e per il lavoro nei campi.»

Io le faccio un cenno con la testa, ma me ne tengo alla larga.

«Non perdiamo tempo!» esclama Heèri con fare deciso «Andiamo a mangiare qualcosa alla taverna di Burduk, fanno uno stufato di verdure magnifico … Diamine! Ho una fame …»
La seguo, passando tra i soldati che affollano la larga strada acciottolata, frastornata dai rumori caotici della città dopo il silenzio delle vaste pianure di Tichemp.
Arriviamo alla locanda. Appena entrata un odore di fumo e stufato mi aggredisce le narici, le mie orecchie si riempiono di un vociare quasi assordante: risate, discussioni. Laggiù, un folto gruppo di avventori seppellisce un piccolo tavolo. Chissà cosa stanno facendo: forse stanno giocando a qualcosa.
Stranamente nessuno si è girato al nostro ingresso: vista la reazione delle guardie al portale d'entrata della città, mi sarei aspettata che qualcuno ci notasse.
 Nell'angolo più lontano, la mia nuova amica individua un tavolo, il meno affollato. Ci avviciniamo e tre avventori dall'aspetto truce si scansano per lasciarci un po' di spazio. Mi guardo attorno, le pareti sono annerite dal fumo, in fondo a questa enorme stanza si intravede un largo bancone, dietro delle botti con sopra qualche scaffale colmo di grossi boccali di legno. Alcune lampade fumose illuminano l'ambiente, dalle due uniche finestre non entra più luce, il sole è tramontato e la notte ha avvolto la città con il suo mantello.
Sono seduta su una vecchia panca, dura e per nulla confortevole, ma sono talmente stanca che mi sembra un gran privilegio. Appoggio le mani sul tavolo, il legno è scuro, lucido e consumato, ma pulito e ben tenuto.
Bene, mi sento piuttosto fortunata, temevo di passare la notte all'addiaccio e invece eccomi qui, con un tetto sulle spalle e questo profumo di stufato mi sta ricordando che ho una gran fame. Affondo il cucchiaio in una zuppa scura e densa, ma appena ne ingoio un boccone avverto un sapore forte, quasi sgradevole e mi blocco. La lingua mi pizzica.
«Beh! Non mangi? Non ti piace?» mi chiede Heèri che ha già terminato la sua scodella di zuppa.
«Sì, sì, mi piace» mento, imbarazzata, e mando giù qualche cucchiaiata, sperando di abituarmici. Ha davvero un gusto strano, ma non mi azzardo a chiederle cosa ci sia dentro, mi auguro sia solo qualche misteriosa spezia locale.

«Che città è questa?» le chiedo, per cambiare argomento, «Ho notato che è ben protetta, ho visto soldati e …»

«Whurd è la più antica città Kiruk, non abbiamo memoria di quando sia stata edificata, praticamente risulta che ci sia da sempre» mi risponde «È la sede del Consiglio del popolo Kiruk, per questo è ben protetta. Due volte l'anno il Consiglio, al quale partecipano i rappresentanti di tutte le città - stato del territorio, si riunisce a palazzo per discutere, per confrontarsi. Così i Kiruk riescono a coordinare gli sforzi e ad affrontare le crisi dovute magari a momenti di carestia.»

"Che strano" penso "Parla dei Kiruk come se non fosse il suo popolo."
La osservo meglio ed effettivamente non assomiglia molto ai tipi che affollano questa taverna: lei è sottile, più alta delle altre donne, i suoi lineamenti sono delicati, la pelle è chiara e soprattutto quei capelli … no, non ne vedo altre così.
Non oso interromperla e attendo che mi dia qualche altra indicazione.
Mi sento piuttosto spaesata: ho la sensazione di esser stata catapultata nel medioevo.

«Burduk! Portaci della cheba!» chiede quasi urlando per sovrastare il vociare caotico che rimbomba tra le pareti della sala, e poi riprende a spiegare: «Non c'è un unico regno per i Kiruk, ma ogni città ha un suo modo di amministrarsi. La maggior parte, fra le quali anche Whurd, hanno un governatore, ma un paio, Kilok e Narib hanno un re.»

«Accidenti!» esclama poi all'improvviso «Si è fatto tardi e domani dobbiamo alzarci presto, ho un mucchio di cose da fare … non possiamo rimanere a lungo qui a Whurd, dobbiamo raggiungere Wèi'Tesaeeh.»

«Dobbiamo?» chiedo frastornata.

«Si, certo, non vorrai restare qui? Ho molte cose da mostrarti lassù, molto più interessanti della vita di città» mi risponde sorseggiando la cheba.

«Se devo essere sincera, i Kiruk sono un po' noiosetti. Ottimi contadini e allevatori, ma così aggrappati alle loro regole! I Tesay, invece … Beh! Conoscerai entrambi i popoli e capirai. Comunque, rimarremo ancora uno o due giorni qui.»

L'aria è fresca stamattina e lungo le vie c'è ancora una certa calma. La mia guida cammina rapida davanti a me. Abbiamo incontrato solo qualche soldato, un panettiere e un paio di ubriachi che s'erano addormentati ai lati della strada.

Stiamo andando a Palazzo, oggi Heèri deve incontrare il Governatore. Mi lascerà nelle mani di Mamal, ha detto. Non so chi sia questa Mamal, penso una sorta di "Capo" delle donne di servizio di palazzo. Siamo quasi arrivate, percorriamo una strada acciottolata, stretta fra muretti e basse case di pietra. La gente indaffarata che incrociamo, cammina rapida, ma trova comunque il tempo di girarsi incuriosita al nostro passaggio. I loro occhi scandalizzati mi osservano, scuotono la testa andandosene … non capisco: cosa c'è che non va in me? Non mi sembra di essere poi così diversa, anche se, lo devo riconoscere, la mia pelle è più chiara come pure i miei capelli.

Oh! Adesso ho capito! Non c'è una donna che giri con i pantaloni. Tutte infagottate in ampie tuniche, strette in vita da una cintura e con appresso una sacca legata a un fianco. Portano, stretta alla fronte, una fascia sui loro capelli ricci e scuri come i loro occhi curiosi.

Comincia a essermi chiaro che i Kiruk sono una società di tipo patriarcale e non molto avvezza ad accettare cose che escano dai loro rigidi schemi.

"Paese che vai usanze che trovi" … chiederò a Mamal di fornirmi di abbigliamento adeguato. Accidenti!

Dovevo rimanere qui solo una mattinata, al massimo fino a sera, e invece, sono già due giorni che girò fra le numerose stanze di palazzo. È un edificio stupendo, costruito con pietra bianca, maestoso e imponente, circondato da giardini ombreggiati e profumati da una notevole varietà di piante e fiori. Mamal, la governante, è stata gentile con me, tutti sono gentili con me, le cameriere, i giardinieri, perfino le guardie, non mi posso lamentare.

Ma li trovo ovunque! Ogni volta che muovo un passo, mi sento quasi controllata: qui non si può entrare, là non si può guardare, guardare ma non toccare, l'inchino, la deferenza e poi ... basta, non ne posso più, per fortuna Heèri è tornata!

Mi affretto, quasi mi ammazzo giù per gli scalini (dannata gonna) e la raggiungo.

«Ma che diamine!» esclama con disappunto Heèri guardandomi come se adesso davvero fossi diventata un'aliena.

Io la fisso a mia volta: ero convinta di avere la sua approvazione, in fondo ho solo indossato un abito tipico Kiruk, non pensavo davvero di suscitare una tale reazione contrariata.

Poi, con mio estremo imbarazzo, si mette a ridere e spiega: «Scusami, non volevo essere sgarbata, ma mi hai preso di sorpresa.»

Infine, smette di ridere «Beh! Per oggi potrà andare anche bene, ma penso che ti troverai piuttosto impacciata, non credo tu sia abituata a muoverti con quella tunica che ti arriva fino ai piedi, domani dovrai rimetterti i pantaloni: si va a Tesaeeh.»

Il suo sguardo cade sulla sacca appesa al mio fianco e aggiunge: «Quella ci può fare comodo, ho dimenticato la mia alla locanda. Andiamo da Urak, è il miglior fornaio di Whurd, non vedo l'ora di addentare uno dei suoi saporiti panini del viaggiatore. Ce ne dovremo procurare un bel po', il viaggio sarà lungo.»

«Panini del viaggiatore?» chiedo.

Volontariamente, per la mia salute fisica e sanità mentale, sorvolo sulla parola "lungo" associata a viaggio.

«Si, piccoli panini rotondi, golosi, pieni di frutta secca, semi e dolcissimo nettare, impastati con la cheba e profumati di spezie, molto energetici quando si devono affrontare lunghi percorsi.»

Rassegnata a quella parola "lungo" che continua a perseguitarmi, la seguo lungo i vicoli, schivando quel brulichio di gente indaffarata. Perlomeno adesso nessuno si volta più a guardarmi, è già qualcosa!

All'improvviso Heèri si ferma. Entro con lei attraverso una stretta porta. Numerosi scaffali stipati in una minuscola stanza rubano spazio anche al respiro. Dove diavolo mi ha portata? Non vedo né farina né panini: solo pile di stoffe scure e attrezzi per cucire.

La sento parlottare con qualcuno e mi giro per vedere chi sia. Rimango basita! Non ho mai visto nessuno con quell'aspetto in tutta la mia vita: un tipo alto, sottile quasi quanto lei, un viso glabro alquanto attraente. Due occhi verdi, mobili, mi osservano e sembrano trapassarmi da lato a lato. Ma quello che mi sorprende di più sono i capelli, neri, lisci, dai riflessi verde smeraldo raccolti in una ordinatissima coda dietro la nuca.

«Non ti preoccupare, Heèri» dice.

Il tono di voce è caldo, maschile, un sorriso affascinante, mi trovo piuttosto rimescolata.

«Ho una divisa da cacciatore già pronta, un paio di modifiche e potrà andarle bene. Domani all'alba te la farò consegnare alla locanda.»

Heèri mi prende sottobraccio, usciamo nella via, la sento ridere e so perché. La mia faccia imbambolata deve essere davvero buffa. Appena mi riprendo, la martello di domande, quel tipo mi ha incuriosita: «Chi è? Non è un Kiruk ... quei capelli! Verdi, non mi sono sbagliata, vero? Da dove viene?»

«No, non è un Kiruk, è un Sitka, un abitante delle foreste blu, un territorio boscoso molto esteso a ovest delle terre Kiruk. Un abile artigiano: sa trattare i tessuti e le pelli con grande competenza e cucire vestiti che i Kiruk non possono nemmeno immaginare, di una raffinatezza unica. I Sitka sono così, abilissimi con le mani, veri e propri artisti, ma anche capaci di essere molto aggressivi e a volte crudeli.»

La fisso negli occhi e inaspettata vedo una improvvisa malinconia, quasi una sofferenza.

«Fino a qualche anno fa era impensabile che un Sitka potesse vivere e lavorare a Whurd. I Kiruk e i Sitka sono stati a lungo nemici e una guerra cruenta e terribile è stata combattuta qui. Un lungo assedio ... atroce.»

La guardo sorpresa, aspettando ancora qualche informazione, ma comprendo, forse non le è facile. Il luogo non è adatto per discorsi così profondi e dolorosi. Attenderò, sono sicura, me ne parlerà.

La strada scorre sotto i nostri piedi, un profumo invitante penetra nelle narici: pane e mi accorgo di aver fame.

Gramhir'Rhà

Alba. Penso sia l'alba, anche se non vedo ancora un filo di luce passare attraverso le fessure della finestra. Sono mezza addormentata e Heèri, battendomi con la mano insistentemente sulla spalla, mi domanda: «Sai nuotare?»

«Eh! Cosa … nuotare?! No, non molto … galleggio appena.» borbotto cercando di tenere aperti gli occhi e di connettere il cervello.

«Oh! Beh! Pazienza … saliremo su Gramhir'Rhà dal passaggio di nord-est, non è certo il caso di passare attraverso il Phyesal sa'Rhà. Ci vorrà di più, ma in fondo non mi dispiace di rincontrare qualche vecchio amico» mi risponde Heèri, alzando le spalle «Dai forza! Alzati! È ora di partire.»

Colazione rapida e sostanziosa e poi di buon passo verso la città di Samjas.

L'erba è alta, attorno a me una miriade di fiori danzanti nel volo di esili strane farfalle. A malapena si riesce a distinguerle due strisce battute dai carri in questo lembo di pianura che si sfila verso nord. Alla mia destra si intravedono alte guglie montuose. Appaiono quasi anomale in questo paesaggio così piatto. A sinistra, laggiù in fondo, una torre nera si erge prepotente, quasi minacciosa.

Ma è così lontana! Mi sembra di non riuscire ad avanzare, come se la pianura continuasse a estendersi e a dilatarsi annullando i miei passi. Lo zaino preme sulle mie spalle, al tramonto sarà diventato pesante come un sacco di grano.

DANNATA PIOGGIA! Sono zuppa fino alle ossa! Quando smetterà di cadere? Sono giorni che proseguiamo sotto questo diluvio. Heèri è grondante quanto me, ma sembra esserci abituata. Beata lei! Se va avanti così ancora per molto, rischio di ammalarmi. Per fortuna Heèri questa mattina mi ha detto che ormai siamo arrivati alla città di Samjas, la raggiungeremo prima di sera. Boh! Sotto questo diluvio fangoso è difficile vedere anche a pochi passi più in là.

Alzo la mano per sistemarmi il cappuccio del mantello (anche se non so a cosa serva, poi …) e … Sì, laggiù, eccole … delle case. Sia ringraziato il cielo! Siamo arrivati!

I miei stivali hanno lo stesso colore di questo maledetto vicolo di terra battuta. Ogni tanto inciampo in qualcosa, una pietra, superstite di un antico selciato, uno straccio abbandonato, sprofondo in pozzanghere melmose. I muri neri, intrisi di pioggia, le serrande chiuse o mezze divelte. La guerra ha lasciato i suoi segni, penso. Quella guerra di cui Heèri mi ha parlato a Whurd, l'ultima sera, prima di partire.

Ed è stato proprio in quella sera che mi ha ricordato, di nuovo, il motivo per cui sono qui: vedere, ascoltare, vivere e poi raccontare. È questa la mia missione. Beh! Certo mi devo adeguare, potrei anche pensare di farne un libro: non è male l'idea. Ma adesso che sono qui, bagnata come un gatto allergico all'acqua, non è che mi entusiasmi molto quell'invito a proposito del "vivere"!

Una porta, due battenti pesanti, scuri dal tempo e dall'usura, si apre. Entriamo in una locanda e una sala ampia, dalle pareti annerite dal fumo ci accoglie. In fondo, un grande camino di pietra nel quale si intravede un grosso pezzo di legno corroso da quiete fiammelle e braci roventi.

Sotto i miei piedi una gocciolante pozzanghera, mi viene spontaneo esclamare: «Siano ringraziati gli dei! Siamo all'asciutto!» generando l'ilarità dei presenti. Mi stupisco di me stessa: "Gli dei, ho ringraziato gli dei!". Accidenti! Comincio a sentirmi sempre più un'abitante di Neviv, riesco perfino a imprecare alla loro maniera!

Mi tolgo il mantello e lo getto su di uno sgabello, troppo stanca per essere educata, troppo stanca anche per mangiare. Seguo Heèri, come un fantasma su per una fila di scalini. Un grande stanzone, una fila di pagliericci, il primo libero è mio, pochi istanti, gli occhi mi si chiudono e precipito nel sonno.

Stamattina sono di buon umore: ho fatto davvero una bella dormita, e la colazione è buona e abbondante. Mi sto abituando a mangiare salato alla mattina, pensavo fosse più difficile. Una bella tazza di tisana mi è necessaria davvero per concludere.

«Ehi! Ragazzino, stai attento» protesto, regalando una carezza su una testa scura e riccioluta: uno scricciolo di bimbo di tre o quattro anni. Accidenti a te! Guarda che disastro: ho i pantaloni zuppi sembra che ... Oh! Pazienza, come me la posso prendere con questi due occhioni da lazzarone che mi fissano così ingenui!

«Guvàn, piccolino! Come sei cresciuto!» esclama la mia guida abbassandosi ad abbracciare il piccolo con affetto.

«Vero eh!»

Una voce fresca e allegra ci raggiunge alle spalle, mi giro e vedo, a qualche passo di distanza, una graziosa donna in miniatura, quasi nascosta da una zazzera di folti e scurissimi capelli ricciuti, sotto i quali brillano occhi vivaci e un sorriso disarmante.

«Già! Kimsky e sembra sempre di più a quel bestione di Markus» conferma Heèri.

«E non solo di aspetto, purtroppo ...» aggiunge l'altra ridendo, accogliendo fra le gonne il ragazzino «E lei chi è?» chiede poi diretta, fissandomi negli occhi: di certo la diplomazia non è il suo forte.

Dopo essermi debitamente presentata, me la ritrovo ad abbracciarmi con un calore che quasi mi commuove.

«Benvenuta, ogni amica di Heèri è anche amica mia.»

Poi si scusa allontanandosi, la cucina l'attende, ma mi ha chiesto di rimanere accanto al fuoco stasera, è una donna curiosa.

«Voglio sapere tutto della tua Terra» mi ha detto e io, già da adesso, penso a cosa posso raccontare e cosa invece devo nascondere.

Avrei voluto conoscerlo, ma mi è stato detto che è andato da Kunramok Ghèsal. Non so chi sia quest'ultimo, ma Heèri sembra averne un gran rispetto. A quanto ho capito è stato un grande soldato, un armigero della città di Whurd e durante la recente guerra ha dato un grande contributo alla resistenza e sostegno alla città.

Avrei davvero voluto conoscere Markus, il compagno di Kimsky, Heèri me ne ha parlato tanto: un uomo coraggioso, buono, con un cuore grande, capace di amare oltre ogni limite, di perdonare e di piangere senza vergogna. Anche Markus ha avuto un ruolo importante durante la guerra, ma ha rischiato di morire, di non tornare più dalla sua Kimsky, e poi, al ritorno ... me l'ha raccontato lei stessa, ieri sera, con le lacrime agli occhi, com'era ridotto...

Ma non ti voglio rattristare, voglio pensare che ora tutto questo è passato, che una nuova vita di pace e prosperità accompagni sempre questo bellissimo pianeta, così simile alla Terra eppur così diverso.

Heèri mi ha promesso di farmi vedere meraviglie sull'altopiano e la curiosità si fa sempre più intensa. Solo guardare i suoi occhi, come si illuminano quando parla di quelle impervie montagne, mi fa desiderare di essere già lassù.

Sono fortunata, ha detto, siamo in estate e il clima è mite.

Non è possibile viaggiare d'inverno su Gramhir'Rhà, troppa neve, ghiaccio, continue bufere: il rischio è di morire congelati.

Ma d'estate ci sono fiori di incredibile bellezza, animali e piante che si ergono rigogliose tra valli e cime altissime.

Una cosa sola mi domando: come farò? Non sono una grande camminatrice, me la cavo a malapena qui nelle terre basse. Là dovrò arrampicarmi, guadare torrenti, salire su sentieri rocciosi e infilarmi tra fitte foreste. Povere gambe mie! E i piedi?! Non ci voglio pensare …

Domani si parte, prossima tappa il villaggio di Tima e poi costeggeremo la grande Scogliera di Terra. Heèri me l'ha descritta, ma non riesco a capire dove sia il confine dell'immaginazione e quello della realtà: tutto ciò che ha detto sembra esistere solo nei libri fantasy. Non era immaginazione! Per tutti gli dei di tutti i mondi terreni ed extra terreni! Non ho mai visto una cosa tanto … tanto … non trovo le parole, ecco: enormemente mostruosa. Bianca, liscia, imponente fino all'inverosimile, una muraglia che al confronto quella cinese è solo il cordolo di una strada. La Scogliera di Terra, così la chiamano. Altro che scogliera! È come se una parte del terreno si fosse spaccato e sollevato spinto da chissà quali forze ancestrali nel tentativo di raggiungere quelle due immense lune lassù.

E noi dovremmo salire là … in cima? E come? Aspetta, mi ha detto di un passaggio verso nord-est, forse da qualche parte finisce o si interrompe … speriamo bene.

La seguo in silenzio, costeggiando una melmosa palude mentre nuvole di insetti mi tormentano. Sono stanca, vorrei bere un sorso d'acqua, ma non posso nemmeno aprire la bocca per chiamarla, rischio di ritrovarmi con almeno una ventina di insetti a pasteggiare tra miei denti.

Abbiamo camminato per una intera giornata accanto a quella dannata palude e finalmente ne siamo uscite e ci siamo accampate.

La notte è buia, sembriamo due fantasmi, ma non si sta male, il calore del fuoco è piacevole.

Il verso sgradevole di qualche strano uccello mi fa sobbalzare.

Heèri sorride, passandomi un panino

«Un woon» dice, rispondendo alla mia domanda inespressa.

«Un rapace, un grosso rapace» aggiunge, poi «artigli affilati più grandi delle tue mani, lucide penne nere dai riflessi bluastri, tre occhi rossi che ti fissano e ti senti subito preda. È un animale notturno ma, tranquilla, non ama il fuoco.»

Alzo gli occhi sulla scogliera e mi domando quanti altrettanto simpatici animaletti troveremo lassù.

Sono dieci giorni che marciamo sull'altopiano, il territorio del popolo Tesay. Heèri aveva ragione: qui il paesaggio è una cosa incredibile. Ricordo bene le montagne del mio pianeta, ma queste, sono di una bellezza ... davvero non c'è paragone. Altissime guglie, affilate quasi come coltelli, plasmate in forme che sembrano sfidare la gravità, estese foreste le avvolgono come morbidi verdi mantelli. Fiori, piante, frutti dalle forme più bizzarre. E in mezzo a tutta questa meraviglia, all'improvviso ti capita di intravedere un luccicare di zanne sotto occhi feroci che spesso ti osservano da lontano, senza avvicinarsi: strano, come se la mia guida avesse il potere di tenerli a bada.

L'aria è sottile, mi mancano un po' le forze e faccio fatica a respirare. Stiamo salendo sempre più in alto e io non sono abituata né ad arrampicarmi (i piedi mi fanno un male folle), né tantomeno a queste altitudini. Mi gira la testa e chiedo una sosta. Mi siedo su di un tronco abbattuto e abbasso la testa fra le gambe: ho rischiato di svenire. Ho lo stomaco sottosopra, spero di riuscire ad adattarmi.

«Ci fermiamo, amica mia» dice Heèri sedendomi accanto «Lo so, non è facile: anch'io la prima volta ho avuto i tuoi stessi problemi, un infuso per il mal di montagna, una giornata di riposo e vedrai, ti sentirai di nuovo bene.»

Le rivolgo un sorriso di gratitudine, non credo sarei riuscita a fare ancora anche un solo passo.

Arriva la sera. Ed è gelida! Ma come? Mi hai detto che siamo nella stagione calda e davanti alla mia bocca si formano nuvole di vapore! Accidenti a te! Ho la schiena tormentata dai brividi e questo fuoco riesce a malapena a riscaldarmi.

Ecco, però, che la sua voce gentile riesce a distrarmi e piano piano cattura tutta la mia attenzione.

«Domani finalmente incontreremo qualcuno. Siamo vicino alla guardia di Lan O'Kelf. Ci hanno già avvistati da un paio di giorni, ma sanno chi sono e mi lasciano fare.»

«Ti lasciano fare?!» ripeto io perplessa: «In che senso, scusa ...»

«Sanno che non sopporto di essere tenuta a balia. Vorrebbero sempre proteggermi, accompagnarmi in ogni luogo, ma io non voglio guardie del corpo e preferisco la mia libertà.»

«E chi sarebbero questi?»

«Gli Adak ... oh! È vero, non ti ho detto nulla di loro: sono guerrieri del popolo Tesay. Vivono e si esercitano per la maggior parte del tempo e della loro vita in una fortezza, il Gar'Adak. Figurati, iniziano il loro addestramento all'età di sei anni. Uomini e donne, abili di spada e nella lotta, temuti non solo dalle genti delle terre basse, ma quasi anche dagli stessi Tesay.»
Deglutisco a vuoto, faccio un sorriso nervoso e poi chiedo: «E li incontreremo?»
«Forse, ogni tanto vanno dai taglialegna a rifornirsi di aste per le frecce e le lance.»
E così capisco: il mio primo incontro con quel popolo riservato e misterioso avverrà con i rudi boscaioli.
Siamo entrati da poco nel villaggio dei taglialegna e già mi sono accorta della loro notevole stazza: uomini e donne, tutti alti e ben piazzati, sotto quelle folte capigliature bionde. In un primo momento sono rimasta piuttosto perplessa, non riuscivo a distinguere le donne dagli uomini: qui tutti vestono alla stessa maniera e pure nel taglio dei capelli non fanno distinzione, lunghi o corti, nessuna differenza.
«Eccone laggiù uno» mi dice la mia guida, alzando il braccio e indicando un individuo che sembra una montagna.
Non ho bisogno di chiederle nulla, è fin troppo facile indovinare che quel tipo non è nient'altro che uno di quegli Adak di cui mi ha parlato, mi è bastato vedere la spada posata sulla sua schiena.
Heèri osserva la mia faccia stranita e ridacchia: «È il primo pensiero ... l'ho avuto anch'io, credimi! Pesa un accidente, per sollevarla ci voglio di quei muscoli, figurati per usarla e, pensa, io ci ho anche provato!»
Mi unisco alla risata, ma continuo a guardare di sottecchi l'individuo e con mia sorpresa accanto ne scovo un altro o meglio un'altra, e la spada della donna non ha nulla da invidiare a quella del compagno.
Ci fermiamo per la notte. Sono dei gran bestioni, questi Adak, ma sono cordiali, la loro ospitalità è straordinaria, tutto quello che hanno a disposizione sono pronti a condividerlo e non chiedono nulla in cambio. Che bella sensazione essere accolti così, senza doversi preoccupare se ciò che fai o ciò che dici possa offendere, ai loro occhi sei un ospite, e qui l'ospite è sacro.

Stamattina mi sento un po' frastornata, ma non è solo l'altitudine: all'improvviso la mia guida se ne è andata, senza nemmeno salutarmi. La cosa è alquanto strana. Beh! Forse le cose non stanno proprio così, in fondo mi ha lasciato una pergamena scritta di suo pugno:

Mia carissima amica,

ti devo lasciare, ma sarà per poco, devo raggiungere al più presto il Gar'Adak per una faccenda molto personale. La fortezza è lontana e devo riuscire a raggiungerla prima che lassù inizi l'inverno, non posso rischiare la mia salute in questo momento. Ti prometto che a primavera ci rivedremo, ti raggiungerò a Wèi'Tesaeeh e ti racconterò ogni cosa. Là troverai M'Adak Jhion, è la massima carica di governo, sottoposto solo all'Ajam. Affidati a lui per ogni cosa, ti darà tutte le informazioni e gli aiuti che potranno esserti necessari per la tua permanenza. Mostragli questa mia lettera e portagli il mio affettuoso saluto.

Un abbraccio

Heèri

Sono passati ormai due giorni da quando Heèri è partita. Mi dispiace di non averla più a fianco: le nostre chiacchierate a ritmo di buon passo mi mancheranno. I due Adak, incontrati al mio arrivo al villaggio dei taglialegna, mi scorteranno, ma sarà un viaggio lungo e silenzioso: so spiccicare solo qualche parola nella loro strana lingua.

La nostra meta è la città reale, Wèi'Tesaeeh. Sì, io continuo a chiamarla città, ma loro la chiamano Wèi ovvero casa ... eh! Già! Tradotto significa Casa dei Tesay e Tesay non vuol dire altro che uomini delle rocce, e qui di rocce ce ne sono davvero tante.

Mi ospiteranno lassù, dentro quelle rocce, vivrò con loro per un intero anno. Non è una loro decisione, ma una mia scelta: voglio capire come un popolo possa vivere dentro le caverne per interi lunghi inverni senza impazzire, come possa esistere un popolo in cui la parola proprietà non ha significato, in cui aiutare sia come respirare e ringraziare sia una cosa inutile, ma, soprattutto, voglio capire perché sono andati a combattere una guerra non loro, perché hanno deciso di aiutare un popolo, i Kiruk, che li ha sempre considerati selvaggi e nemici.

Mangerò con loro, imparerò la lingua, i costumi e le usanze, raccoglierò le loro memorie e i ricordi di Heèri, quando ci rincontreremo, perché me l'ha promesso, mi racconterà di lei e di Dhaèn, la loro storia limpida e straordinaria nelle sfortunate trame di una buia guerra.

Spero davvero che mantenga la sua promessa, che mi raggiunga prima della mia partenza perché, quando tornerà di nuovo estate, vorrei tornare sulla Terra, per raccontare, per narrare di Neviv, mondo meraviglioso e aspro, perché tutti devono sapere: "non siamo soli nell'universo".

Ecco, ora, la seconda parte di questo spin-off.
*La vicenda di **Eloisel e Adrok**, la storia di un amore contrastato tra due personaggi appena accennati nel libro "ARCHAI il blu infinito dell'universo", ma di importanza fondamentale per delineare meglio il cupo e solitario cooprotagonista Dhaèn Lham, segnato dal rapporto conflittuale con il padre e tormentato da un passato terribile che non può e non vuole dimenticare.*
Se, poi, vuoi dare un'occhiata al libro, lo trovi, su Amazon, ove ti sarà possibile anche leggere un'anteprima gratuita.
https://www.amazon.it/dp/B07B4YQXV4

PARTE II^

Eloisel e Adrok

L'Incontro

L'ultima avventura. E si sentiva quasi perso, travolto. La spensieratezza della sua giovane età si sarebbe ben presto bruciata, annullata dalle responsabilità che lo attendevano al ritorno. Il padre, in via informale, glielo aveva già confermato, avrebbe abdicato e il nuovo Ajam sarebbe stato lui: Antoon Adrok O'Steil. Non che il padre avesse una età tale da giustificare questa decisione, ma era comunque sua facoltà farlo, come le leggi dei Tesay prevedevano e consentivano. Ma Adrok, anche se fin dalla fanciullezza era stato preparato per quel compito, ora che il momento era giunto, non si sentiva pronto.

Alzò gli occhi, i territori inesplorati a nord-est di Wèi'Tesaeeh, la capitale del regno dei Tesay, non erano mai stati così attraenti.

Una smorfia gli piegò la bocca, si sentì un abietto: era ben consapevole che non poteva disubbidire al volere dell'Ajam.

«Che ti prende Adrok? Perché ti sei fermato?»

Adrok non rispose. Fissò per un istante gli occhi dell'amico.

«Dai andiamo! Manca poco al tramonto. Non vorrai che ci perdiamo ... sarò anche un M'Adak, ma non conosco queste montagne.»

Perdersi? Si trovò quasi a desiderarlo.

«Arrivo, Jhion. Che ne dici di trovare un posto dove accendere un fuoco, si gela ormai.»

Riprese a camminare, posando i propri passi sulle orme dell'amico. Il suolo stava lentamente ritornando a respirare, a riscaldarsi dopo il lungo inverno, ma la neve appena sciolta l'aveva reso fangoso. Adrok invidiò la sicurezza con cui l'amico procedeva, trovando appigli e il giusto appoggio per i piedi, senza mai scivolare.

Che strana amicizia la loro! Lui, figlio di re, vissuto protetto nelle caverne della capitale, a cui era stato insegnato tutto su come governare e nulla su come sopravvivere e Jhion, fiero e potente guerriero Adak, al quale era stato insegnato tutto sulla sopravvivenza e nulla di governo. Non potevano essere più diversi, eppure così simili d'aspetto: alti, massicci, quasi fuori stazza anche per essere dei Tesay.

S'erano conosciuti durante una battuta di caccia, a fine estate, un paio di anni addietro. Adrok aveva sempre amato la caccia e il padre non si era mai opposto. Di norma non era cosa che a un reale fosse concessa, soprattutto se era un erede al trono: cacciare nelle terre basse era un'attività poco rischiosa, ma lì, fra quelle impervie cime poteva diventare molto pericoloso.

Già! Pericoloso ... era stato così che s'erano incontrati.

La corsa forsennata lungo una stretta vallata, all'inseguimento di quell'animale, agile e veloce. Raggirarlo al largo, controvento, la freccia incoccata, avvicinarsi silenzioso con gli occhi puntati sulla bestia. Osservarla dilatare le froge muovendo di continuo la testa cornuta, con sospetto, pronta di nuovo a fuggire. Rumore: secco della freccia che penetra fra le orbite, pesante dell'animale che cade morto ancora prima di raggiungere il suolo. L'orgoglio, l'urlo di vittoria, l'avvicinarsi a grandi passi e accorgersi poi di trovarsi all'improvviso circondato da un branco di belve affamate. Solo, gli altri cacciatori lontani, armato di un lungo coltello da caccia e del suo coraggio: senza preda e senza poter scappare perché diventato ... preda.

Ricordava ancora la sensazione di smarrimento, di rabbia per essere stato così stupido. Deciso a difendersi fino all'ultimo respiro s'era preparato all'assalto, ma un ruggito alle sue spalle l'aveva fatto sobbalzare, aggricciandogli la pelle lungo la schiena. Un ruggito potente e le bestie s'erano dileguate come la neve al sole. Un Jigkìr, enorme, coperto da una spessa e lunga pelliccia candida sulla quale spiccavano due lunghe zanne nere ai lati della bocca. A passi lenti, pesanti, raschiando sul terreno, rivedeva nella sua mente il magnifico animale avanzare verso di lui, ipnotizzato da quegli occhi azzurro acqua, ma raggelato e malfermo sulle gambe. Con un sorriso e un certo imbarazzo rammentò con chiarezza l'enorme sollievo che aveva provato vedendo un uomo sopra a quell'immane belva: un M'Adak, lui, Jhion, colui che gli sarebbe poi diventato amico.

Jhion era più vecchio di dieci anni e Adrok era arrivato a considerarlo quasi come fratello maggiore. Con lui aveva imparato a credere in sé stesso, nelle sue capacità e soprattutto a muoversi fra quelle montagne senza rischiare la pelle. Aveva imparato più da Jhion in quegli ultimi due anni che in anni e anni di addestramento presso le caverne della sua città. Quello che gli mancava ora era solo il coraggio di assumersi le nuove responsabilità.

Aveva insistito molto con suo padre perché lo lasciasse partire per quell'ultima missione: penetrare nei territori a Nord-Est di Wèi'Tesaeeh per riallacciare i rapporti con i Tes'Dhà. Erano passati ormai molti anni dagli ultimi contatti. Poche erano le notizie su quella tribù che si era sempre emarginata dalla vita dei Tesay. I Tes'Dhà erano un mistero, non si sapeva molto di quel popolo, avevano origini antiche, forse anche più remote dei Tesay.

Allontanarsi da un problema che avrebbe dovuto comunque risolvere, per affrontare un compito che forse non sarebbe riuscito a portare a termine. Jhion, gli aveva dato del pazzo, ma era stato inaspettatamente, il suo maggiore sostenitore e il padre s'era arreso lasciandolo andare.

Trovare una caverna disabitata all'inizio della stagione calda non era stato facile, ma necessario per poter riposare su un terreno asciutto. La notte era ormai nel mezzo e il fuoco appena acceso si rifletteva con brio sulle pareti scure e dava un po' di calore alle loro membra indolenzite dal lungo cammino.

«Domani entreremo nel territorio dei Tes'Dhà» disse Jhion, passando un pezzo di carne affumicata all'amico «Come pensi di rapportarti con loro?»

«A dire il vero, non ne ho proprio idea. Mi verrà in mente qualcosa al momento, dipende da cosa diranno e cosa faranno.»

«Bene, vedo che hai un ottimo piano in testa, mi complimento per la tua sagacia» rispose con un palese tono ironico Jhion, comunque era evidente che non c'era intenzione malevola da parte sua.

Adrok si fece una risata, non aveva nessuna intenzione di preoccuparsi nottetempo per quella cosa, in parte perché era troppo stanco, ma un po' anche per la tipica incoscienza propria della gioventù, la sola filosofia utile: vivere alla giornata come se il domani non esistesse.

Un'alba tersa e magnifica li ritrovò svegli e già in cammino. Senza sapere né come né quando si ritrovarono a guardarsi intorno, sentendosi osservati. Nulla sembrava però muoversi fra gli alberi della foresta, solo animali che, al loro sopraggiungere, fuggivano spaventati. Eppure, sempre più sgradevole quella sensazione si attaccava alla pelle, percorreva il filo della schiena fino a giungere alla nuca, formicolando fastidiosa.

«Fermate il vostro passo, stranieri» disse una voce dal nulla.

«Tornatevene da dove siete venuti!» ordinò un'altra invisibile bocca.

Adrok e Jhion si fermarono portando d'istinto le mani sull'impugnatura dei coltelli da caccia.

«Chi siete? Uscite fuori» urlò Jhion, per nulla intimorito.

Una vibrazione, un ondeggiare innaturale della corteccia di un paio d'alberi e due sagome quasi indistinte presero vita.

«Nessun straniero è gradito nelle nostre terre» disse una di quelle figure, acquisendo sembianze umane.

«Siamo in missione per ordine dell'Ajam, i nostri scopi sono pacifici» rispose Adrok intervenendo prima che Jhion aprisse bocca.

«Quale missione?» chiese uno degli sconosciuti.

«Ne parleremo solo con il vostro re» rispose Jhion prontamente.

«Noi non abbiamo re.»

I due strani guerrieri si guardarono per un istante.

«D'accordo» rispose poi quello che sembrava più anziano «Venite con noi, ma ... niente armi, consegnatele.»

Per un M'Adak tale richiesta era un insulto. Jhion trattenne l'ira consapevole che avrebbe potuto vanificare la missione e di buon grado si tolse la pesante spada Adak dalla schiena e la consegnò ai due sconosciuti.

Camminarono a lungo, seguendo i due uomini in silenzio, finché giunsero all'ingresso di una grotta. Entrambi pensarono d'essere arrivati, ma dovettero ricredersi. Percorsero un dedalo di cunicoli profondi, attraversando grotte dalle volte immense, torrenti sotterranei, perdendo ogni cognizione del tempo e della direzione.

Una possente cascata, un passaggio sotto l'umido nebulizzarsi di quell'acqua cristallina, una luce soffusa, pochi altri passi e i loro occhi si trovarono ad ammirare un'ampia vallata che si estendeva a qualche centinaio di braccia sotto alla spelonca ove avevano posato i piedi.

E in mezzo a quella valle un ordinato gruppo di case di legno seminascoste dall'intrecciarsi dei rami degli alberi.

Scesero lungo uno stretto sentiero che sembrava aggrapparsi a stento sulla ripida parete di roccia. Arrivati a valle furono accolti in uno di quegli edifici, il più grande, una sorta di sala comune.

Era la prima volta che Adrok si trovava in una costruzione di legno così grande. Ricordava vagamente le loro capanne estive, ma la sapienza con cui era stata edificata era di ben lunga superiore. Su una solida base di pietra, che comprendeva anche un imponente focolare, erano stati appoggiati grossi tronchi a incastro uno sull'altro fino ad arrivare al tetto.

La copertura realizzata con rami più sottili, ricoperta da muschio e paglia, era sostenuta da robusti tronchi piantati a distanze regolari sul pavimento. Una ordinata sequenza di tavoli riempiva quasi la metà dello spazio, mentre l'altra metà era dominata da un lato dall'enorme focolare e dall'altro da una specie di trono sopraelevato realizzato interamente di legno.
Tutti i presenti si girarono al loro arrivo, ma nessuno proferì parola. Furono invitati a sedersi a una di quelle tavole. Adrok si guardò attorno, i due uomini che li avevano accompagnati sembravano essersi volatilizzati. Incrociò lo sguardo di Jhion ancora più perplesso del suo: avevano creduto che quei due misteriosi individui li avrebbero portati al villaggio per essere interrogati, o peggio per essere rinchiusi da qualche parte come prigionieri. E invece solo silenzio, quasi ignorati se non per essere sfamati.
Adrok sentì il profumo dello stufato arrivare dietro le sue spalle e s'accorse solo in quel momento di essere molto affamato. Accettare una scodella di cibo fumante non sarebbe di certo stato un problema. Un fruscio di vesti, un profumo particolare quasi sovrastò l'aroma dello stufato. Una mano affusolata, bruna, bellissima con un mestolo gli riempì la ciotola di cibo. Adrok incuriosito si girò e il tempo sembrò fermarsi, il cuore sembrò fermarsi. Gli occhi si incontrarono: uno sguardo, solo uno sguardo, limpido, magico come solo una volta nella vita può accadere, così intenso da incendiare l'anima, così puro da perdersi per l'eternità. E al suo sorriso il cuore davvero si fermò. La seguì con lo sguardo, rapito, mentre la donna, arrossendo, abbassava gli occhi e proseguiva nel distribuire il contenuto di una pesante pentola. Fame, cos'era la fame, e di chi mai era quella voce che lo chiamava, non gli interessava, nulla gli interessava se non lei.
«Adrok! Ehi! Adrok ... che ti prende?» gli chiese Jhion «Sembra tu abbia visto uno spirito!»
Adrok si scosse da quella sorta di estasi, abbassò il capo, un sorriso gli piegò la bocca e sottovoce, quasi parlando a sé stesso, rispose: «No ... non uno spirito Jhion, una visione, una stupenda visione.»

La scelta

Scorrere di lunghe giornate per conoscere un popolo, il suono segreto di un tempo che avrebbe voluto infinito, per non tornare, per restare, sentendosi catturato da qualcosa che non aveva previsto. E Adrok imparava, conquistandosi sempre di più la fiducia di quel popolo, dimostrando di poter diventare un buon Ajam.

Jhion lo osservava trasformarsi in modo repentino, con una certa incredulità, da ragazzo viziato e poco propenso a prendersi impegni, a uomo sul quale poter far affidamento. Lo sentiva parlare assieme ai Tes'Dhà con naturalezza e autorità inconsuete, lo vedeva lavorare e rendersi utile senza risparmiarsi. Sorpreso, si chiese cosa avesse generato tutti questi straordinari cambiamenti.

Il tempo passava e l'estate ormai volgeva al termine: l'ora della partenza sarebbe presto giunta. Jhion non aveva ancora scoperto quale fosse l'arcano segreto di quella trasformazione finché, un giorno ...

«Maledizione! Adrok, come puoi anche solo pensarlo: hai ottenuto la loro fiducia, sono disposti a ritornare a dialogare con noi Tesay e tu che vai a pensare ... stai scherzando vero? Ti rendi conto che è già promessa?!»

«Parli così perché non hai mai provato quello che sento io adesso, non ti rendi conto che al solo pensiero di stare senza lei, mi sembrerebbe di non respirare» rispose Adrok all'amico «Eloisel è ...»

«... è e sarà la fine di ogni trattativa, sarà la frattura definitiva e così abbiamo sprecato un'intera estate per portare a Wèi'Tesaeeh il nulla.»

«No, non il nulla, porterò con me la mia compagna e assieme a lei governerò il popolo Tesay.»

Jhion lo fissò, terreo, cercando di dominare la rabbia che gli stava montando dentro: «Compagna!?» quasi urlò «Spero sia solo una tua idea ... voi non ...»

«Sì, Jhion, noi ... siamo una persona sola.» rispose con fierezza Adrok, fissandolo negli occhi, quasi con sfida.

Allibito l'amico rimase muto per alcuni istanti e poi mormorò: «Allora la situazione è più grave di quanto pensassi ... sei un imbecille, Adrok!»

«E ... allora che intendi fare? Da che parte stai?»

«Ho scelta? Dalla vostra, accidenti a voi!»

Incapace di dire anche solo una parola, Adrok buttò fuori il fiato in un soffio. Nei suoi occhi lucidi, abbassati per nascondersi, l'amico vide un'emozione intensa e, solo in quel momento, si rese conto quanto Adrok amasse Eloisel e anche quanto tenesse alla loro amicizia. Quasi lo invidiò.

Non avrebbe mai immaginato che le cose stessero così! Oh! Aveva notato che fra Adrok e Eloisel era nata una forte amicizia. L'aveva visto con una certa assiduità trovarsi "per caso" a incrociare la donna offrendosi di aiutarla nelle sue mansioni, ma i due erano stati prudenti e nessuno aveva mai sospettato nulla. Quando, con altrettanta prudenza, Adrok aveva espresso il suo interesse per Eloisel ai genitori di lei e aveva ricevuto per risposta che la ragazza era già promessa a un certo Màzhel, sembrava aver incassato la notizia con molta tranquillità e glielo aveva riferito con una certa indifferenza.

I Tes'Dhà erano un popolo pacifico, ma legato profondamente alle tradizioni. Una promessa era un legame indissolubile quasi simile a una unione vera e propria. Quello che ora avrebbero dovuto fare sarebbe stato un vero e proprio rapimento e la frattura fra i Tesay e i Tes'Dhà sarebbe stata definitiva.

Una fuga, per quanto programmata e imprevedibile, non avrebbe comunque garantito loro il vantaggio sufficiente per raggiungere le terre Tesay senza essere catturati. Gli rimaneva solo una cosa da fare, ma non sapeva se Jwa, suo fratello Jigkìr, quel temibile e mutevole felino alato dall'animo nobile e onesto, avrebbe collaborato.

Il Cuore

Non era bellissima, o per lo meno, non secondo un normale e comune concetto di bellezza, anche se per lui non poteva temere confronto con nessun'altra. Se la guardava, ferma, immobile nell'insieme di un gruppo di donne, passava quasi inosservata, ma appena cominciava a muoversi, con quella grazia ed eleganza, naturali, istintive, allora il resto del mondo sbiadiva e vedeva solo lei, Eloisel. Per un attimo Adrok si fermò, interrompendo il suo lavoro, la mano appoggiata a un albero, l'altra che stringeva una scure, e la sua risata allegra lo penetrò raggiungendogli il cuore. Lo sguardo dell'uomo scivolò sul suo corpo agile e sinuoso, accarezzandone ogni curva. Si soffermò sui lunghi capelli neri che le solleticavano il viso, la mano a levarli, il sorriso di quella bocca grande, generosa e infine i suoi occhi chiarissimi quasi incolori, e rimase inebriato dall'amore che vi lesse.

Sua: non ancora. Solo una bugia quella che aveva raccontato a Jhion, l'unico modo per convincere l'amico a dagli l'aiuto che gli serviva per portarla a Wèi'Tesaeeh, per farne la sua compagna per tutta la vita. Per tutta la vita: abbassò lo sguardo, doveva essere prudente, nessuno doveva sapere. Prese la scure e con una energia quasi violenta riprese a tagliare la legna, sfogando così ciò che Eloisel aveva scatenato in lui con un solo sguardo.

Attese con impazienza il buio della notte, il solo momento in cui, mentre tutti dormivano, loro riuscivano a incontrarsi. Seduto su di un ceppo, pensieroso, perso nell'agitarsi di pensieri e desideri, quasi sobbalzò al rumore della porta che s'apriva.

«Eloisel» mormorò in un sussurro, appena la vide, alzandosi in piedi. La donna fece scivolare il cappuccio all'indietro e s'avvicinò sorridendo. Adrok l'accolse fra le sue braccia, un bacio lieve sulla fronte, un bacio avido sulla bocca.

Le prese la testa fra le mani e poi, staccandosi con riluttanza da quella bocca morbida, appoggiò la sua fronte su quella di Eloisel e mormorò: «Ti devo parlare ...»

Eloisel aprì gli occhi e sollevò il viso, incrociando lo sguardo grave dell'uomo che amava.

Adrok le prese le mani e l'accompagnò fino ai ceppi.

«Tu sei la mia vita, senza di te nulla può esistere. So che non ho nessun diritto di chiedertelo, ma non posso più pensare a un futuro senza te: mi vuoi seguire, Eloisel e diventare la mia compagna per tutta la vita?»
Con il respiro quasi in affanno, ascoltò nel silenzio il cuore battere d'ansia, temendo quasi che non arrivasse la risposta.
«Amo la mia gente, questi luoghi in cui sono nata, cresciuta ...» sussurrò Eloisel, fissando le mani di Adrok che coprivano le sue, avvertendone la contrazione alle sue parole.
Alzò il viso incrociando quegli occhi azzurri, intensi come un cielo sgombro di nubi e poi sorrise: «... ma amo ancora di più te. Ti seguirò Adrok, ovunque tu vorrai, perché anch'io non potrei sopportare una vita senza starti accanto.»

La Fuga

Si erano dati appuntamento nel capanno, ma Eloisel ancora non si vedeva. Era in ritardo e Adrok camminava avanti e indietro in quel poco spazio, quasi scavando un solco nel terreno. Mille pensieri lo tormentavano, uno fra tutti quello che lei ci avesse ripensato. Dentro di sé aveva uno sciame incontrollato di dubbi, di incertezze. Le aveva chiesto di lasciare tutto, genitori, amici, la sua intera vita per seguirlo. Negli ultimi giorni l'aveva vista nervosa, spesso malinconica e, piano piano, s'era reso conto che le aveva chiesto un sacrificio enorme, qualcosa che neppure lui avrebbe preso tanto alla leggera se gli fosse stato chiesto. Era consapevole di farla soffrire per questo distacco e prevedeva che in futuro forse glielo avrebbe rinfacciato. Ma non poteva vivere senza di lei e neanche gli sarebbe stato permesso di rinunciare alla sua eredità rifiutandosi di diventare il nuovo Ajam.

Uno scricchiolare di passi veloci, concitati, e Adrok ritornò vigile, attento, in attesa che la porta si aprisse. Eloisel entrò rapida e richiuse l'uscio con un'urgenza ansiosa. Si appoggiò per qualche istante alle assi, dando le spalle ad Adrok: si poteva udire il suo respiro affannato, vedere il tremore sulle sue mani.

«Che succede Eloisel?» chiese Adrok allarmato.

«Ssssh! Fai silenzio.»

Adrok la raggiunse, avvolgendole le braccia attorno alle spalle, appoggiandola al suo corpo come a proteggerla.

«Ho avuto l'impressione che qualcuno mi inseguisse» sussurrò poi la ragazza ancora tesa, in ascolto.

Nessun rumore, solo il soffio del vento, qualche animale notturno. Il suono del loro respiro che sembrò quasi unirsi in sincrono. Ruotando su sé stessa, Eloisel appoggiò il viso sul petto di Adrok, abbandonandosi fra le sue braccia. Chiuse gli occhi, cercando di sciogliere la tensione che l'aveva accompagnata per tutto il percorso dal villaggio fino al capanno. Adrok la strinse a sé, immensamente grato, perdendosi nel calore dell'abbraccio che la donna gli restituì.

Improvvisa la porta si spalancò, cigolando dolorosamente, quasi scardinandosi. La sagoma robusta di un uomo si delineò sotto la luce pallida delle lune.

Eloisel sobbalzò, si voltò di scatto e cercò protezione afferrando il braccio muscoloso di Adrok.

«Eloisel!» esplose con risentimento e rabbia l'individuo sulla porta «pensavi davvero di potertene andare, di rompere la promessa ignorandomi come se non esistessi?!»

«Tu non devi ...» iniziò Adrok, pronto a difendere la donna e allo scontro.

«No, Adrok ...» disse Eloisel fermandogli la mano che stava per afferrare il pugnale.

«Màzhel, ti chiedo perdono, ma come potevo ...» deglutì a vuoto, lasciò il braccio di Adrok e avanzò di qualche passo «Ti ho ferito, lo so, porterò questo peso per tutta la vita. Pensavo di provare per te più del semplice affetto, ma non è così. Non posso unirmi a te senza amarti, ti umilierei.»

«L'amore che provo per te basta per tutti e due, Eloisel, lui è solo uno straniero, un'infatuazione che ti passerà in un attimo appena varcherai il portale di Wèi'Tesaeeh!»

Eloisel scosse la testa, avvertendo tutto il dolore e la rabbia di Màzhel, sentendosi profondamente in colpa. Ma non poteva fare altro che seguire il suo destino e disse «Non posso ... lasciaci andare, ti prego, se davvero mi ami.»

Il viso delicato, quegli occhi chiari che appena si intravedevano alla luce della torcia, le mani che spesso aveva stretto fra le sue, nelle mani di uno straniero, la rabbia, l'orgoglio ferito e le parole di Eloisel "se davvero mi ami". Amarla, come poteva non amarla. In un solo istante tutti i ricordi lo assalirono: i loro incontri, le parole, i sogni e tutto s'infranse, come la schiuma di un'onda che lascia sulla spiaggia solo una tenue impronta.

Che altro poteva fare: come avrebbe potuto mai accontentarsi di un guscio vuoto!

Fissò negli occhi Adrok. Inaspettato vi trovò dolore e comprensione, Adrok sapeva quanto profonda fosse la sua sofferenza. Ebbe la certezza, in quell'istante, che il sentimento che legava il Tesay a Eloisel fosse forte quanto e forse anche più del suo.

«Non farla mai soffrire ... mai, Adrok» disse con un'enorme fatica.

«Non soffrirà» rispose il Tesay, ma gli parve quasi di mentire.

Màzhel abbassò lo sguardo, si girò, uscì dalla porta in silenzio e se ne andò scomparendo fra le ombre della notte.

Il Rifiuto

Tornare forse non era stata una buona idea. Il gelo che li accolse non ebbe nulla a che fare con le prime folate di vento ghiacciato di quell'inverno precoce. Adrok s'era illuso: l'aveva portata con sé fiducioso, il popolo Tesay non poteva rifiutarla e invece ...

«Mai, nessun Ajam, dalla notte dei tempi ha osato tanto. Un Ajam può e deve unirsi solo a una Tesay» disse uno dei capi caverna, gli Ays, dando voce al pensiero che si agitava nelle menti di tutti i convenuti.

Dure come pietre quelle parole sembrarono rimbalzare sulle pareti di roccia nella caverna dei focolari. Il silenzio imbarazzante che ne seguì fu interrotto solo dai colpi di tosse dell'Ajam.

Il re cercò di schiarirsi la voce, poi rauco aggiunse: «Adrok, ragazzo mio, mi rendo conto che la tua giovane età possa non esserti amica, ma devi convenire che le regole devono essere rispettate, da tutti, anche da te.»

«Hai ragione, padre, le regole vanno rispettate se sono giuste e questa non lo è!»

Un brontolio sommesso si levò tra i presenti, zittito all'istante dal battere del bastone della parola in mano al capo della nona caverna, l'Ays che prima era intervenuto.

Jhion, battendo tre colpi sulla coscia, come da regola convenuta nelle assemblee, chiese la parola.

«Nessuna legge, che io sappia, vieta che un Ajam possa avere una compagna, e nessuna regola è stata dettata perché questa compagna debba essere una Tesay. Quello a cui vi riferite è solo una consuetudine, quasi una tradizione.»

«Le consuetudini vanno seguite, ogni cambiamento crea solo confusione e disarmonia. Ogni Ajam ...» iniziò il re, interrotto bruscamente dal figlio.

«Ajam? Io non sono un Ajam.»

Adrok alzò il viso, la mascella contratta, sfidando il padre e i presenti. Eloisel in piedi, accanto al vano della porta. Ferma, immobile, il viso teso, gli occhi carichi d'angoscia, avvertendo su di lei tutto il peso della scelta di Adrok: pronto a tutto, a rinunciare a ogni cosa, a un intero regno, solo per lei.

I loro occhi si incontrarono: un solo, breve e intenso istante, in cui Eloisel poté attingere tutto il coraggio necessario per rimanere e non fuggire.

«Andiamo, usciamo di qui» disse Adrok, trattenendo a stento la rabbia, afferrandola per un braccio.

«Fermo, non puoi andartene!» esclamò il capo della nona caverna «Mostra rispetto per il tuo re!»

«Qualora l'Ajam e tutti voi dimostrerete altrettanto rispetto nei confronti di Eloisel, allora e solo allora, lo farò» rispose il giovane erede andandosene.

Camminarono in silenzio lungo lo stretto passaggio che portava ai magazzini. Là Adrok aveva lasciato uno zaino già pronto con tutto l'occorrente per il viaggio.

«Non puoi farlo, Adrok» disse Eloisel fermandosi d'improvviso «Non puoi abbandonare il tuo popolo.»

«Non temere, non me lo lasceranno fare. Accetteranno la mia volontà e soprattutto accoglieranno te.»

«E se non lo faranno?» chiese la donna preoccupata.

«Allora» rispose con un sorriso, fissandola negli occhi con dolcezza «vorrà dire che non sono degni di avermi come Ajam.»

Il Rimorso

Il tempo lenisce ogni cosa, così dicono, ma il tempo a volte copre soltanto, senza generare cambiamenti, nella speranza che tutto si cancelli dalla memoria. Tanti anni silenziosi, nell'abbandono e nell'indifferenza, furono quelli che passarono, fino a quel giorno, quel triste giorno ...

«Lascia stare, faccio io, non ti devi affaticare, Eloisel» disse Adrok togliendole dalle braccia il pesante fascio di steli.

«Non preoccuparti, sto bene. Posso farcela, non nascerà domani!»

«No, è vero, è ancora troppo presto, ma tu, a volte, sei una così tenera incosciente» le rispose Adrok avvolgendole un braccio attorno alle spalle e appoggiando una mano sul suo ventre rotondo.

Suo figlio, il suo secondo figlio: ancora non lo poteva vedere, ma già l'amava quasi quanto amava Eloisel.

«Sta arrivando qualcuno» disse in un soffio Eloisel, aggrottando le sopracciglia e fissando un punto poco oltre l'orizzonte.

«Chi può essere, padre» un ragazzo biondo, robusto, alto per i suoi nove anni, s'avvicinò ai genitori tenendo in mano una scure.

Eloisel afferrò la mano del suo compagno, stringendola con apprensione. Erano passati parecchi anni da quando avevano lasciato la sala dei focolari, quel giorno, lassù a Wèi'Tesaeeh. Erano stati anni difficili, nelle miniere di Tes'Ut, superando freddi inverni e lunghe e faticose estati. Ma erano stati anche anni meravigliosi vissuti con coraggio e con incondizionato amore. Dieci lunghi anni e ormai s'erano convinti che nessuno sarebbe mai più giunto dalla città reale, ma ora, quello che avanzava verso di loro a lunghi balzi era un Jigkìr e non era solo.

«Jhion!» esclamò Adrok, appena riconobbe il cavaliere «Che diamine ci sei venuto a fare qui? Se pensi di riportarci indietro hai ...»

«Tuo padre è morto» disse brutalmente, scendendo dalla poderosa cavalcatura con un balzo.

«Mio padre ...» balbettò sconvolto Adrok, impallidendo, incapace di dire altro.

«È deceduto sei giorni fa e l'ultima parola che ha pronunciato è stato il tuo nome, amico mio.»

«Adrok!» esclamò Eloisel tentando di abbracciarlo, ma l'uomo la respinse e senza una parola si allontanò.

Eloisel fece qualche passo verso la sua direzione ma Jhion l'afferrò a un braccio e la fermò, scuotendo la testa: «Lascialo per qualche istante da solo. Non togliergli la sua dignità, è il nuovo Ajam.»

Poi alzò il capo e i suoi occhi si posarono sulle spalle curve dell'amico che s'era fermato posando una mano sul tronco di un albero, quasi a sostenersi. E nessuno vide lacrime cocenti scorrere lungo il viso di quell'uomo che, solo in quel momento, si rendeva conto di aver visto per l'ultima volta il padre con gli occhi carichi d'ira.

Ajam

Fu un rientro burrascoso il loro, lì fra le rocce di Wèi'Tesaeeh. Qualcosa di nefasto si nascondeva tra le ombre.

I primi fiocchi di neve avevano cominciato a cadere quando giunsero al portale accompagnati da Jhion e dal suo Jigkìr. L'inverno era alle porte e con esso il cambiamento. Nella stagione in cui tutto sembrava ritirarsi dalla vita per concedersi il meritato riposo, la vita pretendeva il suo spazio e lo avrebbe annunciato con il pianto di un bimbo.

Scesa a terra dalla groppa del Jigkìr, Eloisel, che aveva sopportato senza lamentarsi il dolore delle contrazioni per ben mezza giornata, disse in un soffio: «È ora ...»

Adrok la guardò allibito e preoccupato, mancava ancora tanto tempo. «Forse sei solo stanca, quando ti sarai riposata ...»

«No, non è così, lo so, credimi» rispose la donna e Adrok vide riflessa nei suoi occhi la sua stessa angoscia.

«Muoviti Adrok» disse Jhion severo, comprendendo la gravità della situazione «Non permettere che il figlio di un Ajam nasca qui fuori, per terra»

Adrok si scosse, prese la sua donna in braccio. Eloisel gli avvolse le braccia al collo e nascose il viso contratto dal dolore sul suo petto, abbandonandosi a ciò che il suo corpo le chiedeva.

Raggiunsero appena in tempo la grotta del parto. Adrok rimase accanto a Eloisel, stringendole la mano, impotente, gliela accarezzava, consapevole di non poter fare nulla per toglierle la sofferenza che quel parto difficile le stava procurando. Non aveva avuto alcun problema a partorire il primogenito, ma ora qualcosa sembrava non stesse andando secondo natura.

I lamenti di Eloisel si sentivano rimbombare attraverso gli stretti cunicoli e le donne, accorse in suo aiuto, facevano quanto possibile per lenire quella sofferenza.

Fu quando vide arrivare la Nhjadid, la Suprema, l'anima spirituale di tutti gli Adak, che Adrok cominciò a sentire una profonda angoscia opprimergli lo stomaco, una paura infida e arcigna che iniziò a torturargli la mente.

Dopo un tempo interminabile, finalmente un debole vagito risuonò fra le pareti della grotta, accompagnato dal sorriso tirato di Eloisel.

«È un maschio» disse la Nhjadid tagliando il cordone ombelicale.

«Hai sentito Eloisel, un altro maschio ...» disse Adrok con orgoglio, scostandole i capelli zuppi di sudore dalla fronte.

La donna si scosse e riaprì gli occhi, torbidi, esausti «Proteggilo, Adrok, è così piccolo ...»

«Eloisel» le sussurrò, come in una supplica.

Eloisel sorrise e in un soffio disse: «Ti amo» e richiuse gli occhi.

Adrok la fissò smarrito, la scosse, la chiamò più volte senza risposta.

E infine comprese e un urlo di disperazione lo dilaniò dal di dentro esplodendo nella sua bocca fino a farlo diventare rauco.

Si gettò sul corpo immobile della donna che amava, piangendo, singhiozzando, senza ritegno: nulla ora aveva più valore per lui, niente e nessuno. Aveva perso la parte più bella di sé, il cuore sembrò scoppiargli in petto.

Delle parole lo raggiusero, vaghe, quasi incorporee, come se provenissero da un'altra dimensione.

«... mi dispiace, sono addolorata, mio Ajam, ma guarda ... tuo figlio è vivo, sta bene e ha bisogno di te.»

«Mio figlio ...» mormorò Adrok «Portalo via, non lo voglio vedere ... non voglio ... ha ucciso la mia Eloisel.»

«Non ne ha colpa, Adrok, e solo un bambino, guarda: è così piccolo, ma così forte ... vivrà»

Adrok girò per un istante il viso contorto dal dolore. Un esserino, minuscolo, con i capelli neri, come la sua Eloisel.

Una fitta gli squassò lo stomaco, una stilettata al cuore. Distolse lo sguardo e quasi bisbigliò: «Dhaèn, il suo nome è Anthon Dhaèn O'Steil ... lei avrebbe voluto così.»

FINE

Bibliografia

ARCHAI il blu infinito dell'universo 47
https://www.amazon.it/dp/B07B4YQXV4

Glossario "ARCHAI"

Personaggi:

Adrok: padre di Dhaèn Lham.
Athawulf: amico di Dhaèn Lham, Adak e comandante della guardia di Lan O'Kelf.
Atxeodon: sapiente e storico, maestro di Heèri.
D'Ax Jacob: Primo Consigliere della regina dei Sitka.
Dhaèn Lham: cooprotagonista.
Eloisel: madre di Dhaèn Lham.
Guvàn: oste della Locanda del Viaggiatore e fratello di Kimsky.
Heèri (Elenheèri Mèy): protagonista principale.
Jaliz: amica di Dhaèn Lham, capo pattuglia della Scogliera di Terra.
Jhion: guerriero Adak amico di Adrok.
Kimsky: compagna di Markus.
Kun Langart Modun: governatore della città di Whurd.
Kun Paard Hergun: governatore della città di Marwesk.
Mamal: governante di palazzo.
Markus: amico di Dhaèn Lham e di Heèri.
Màzhel: guerriero Tes'Dhà legato da promessa d'unione con Eloisel.
Roov Nuruk: amico di Markus, Capitano delle guardie delle Prime Mura della città di Whurd.
Rurk: esploratore esperto, sottoposto di Markus.
Sar'Jack: amico di Tyrou, battitore scelto.
Trevko: arciere, figlio del governatore della città di Marwesk.
Tyrou: amico di Markus, battitore scelto e guardia di spada.

Principali etnie di Neviv.

Kiruk

Un popolo pacifico, dedito alla coltivazione e all'allevamento. Vivono in un territorio prevalentemente pianeggiante e molto fertile. Le loro terre si estendono a Nord fino alla grande Scogliera di Terra, a Est con le inesplorate Terre Selvagge, a Ovest con le terre boscose dei Sitka e a Sud con la Grande Acqua. Un fiume navigabile attraversa il territorio Kiruk, le cui acque provengono dal Lago Nual, un esteso bacino d'acqua dolce nelle Terre Selvagge.

Sono di statura medio bassa, capelli marroni o neri, occhi scuri.

La loro struttura sociale è di tipo patriarcale, il maschio ha una posizione di dominio, ogni ruolo di governo è amministrato da uomini. La donna alleva i figli e governa la casa.

L'organizzazione politica non prevede un unico re, ma città-stato. Ognuna di queste è amministrata da un re o da un governatore.

A Whurd, la città più antica in cui si trova il Palazzo del Consiglio, ogni anno re e governatori si riuniscono per discutere, per concordare scambi commerciali e per coordinare le forze in momenti di emergenza.

Esistono altre sei città fra le quali Kilok e Marwesk, città portuali in cui l'attività principale è la pesca.

Non hanno esperienza per tutto quanto riguarda guerra e strategie di battaglia, ma hanno organizzato reparti militari per la difesa del territorio per tutelarsi da aggressioni da parte di un altro popolo, i Sitka, da sempre astioso nei loro confronti.

Sitka

Un popolo raffinato. Abili tessitori, creano abiti e gioielli ricercati. Sono eccellenti artigiani e basano la loro economia soprattutto sullo scambio commerciale. Vivono in un territorio a Ovest delle terre Kiruk privo di sbocco sul mare, prevalentemente boscoso e poco adatto all'agricoltura, dipendono molto dagli scambi di prodotti con i Kiruk per quanto riguarda le derrate alimentari.

Hanno un aspetto molto piacevole, capelli neri con riflessi verdi, occhi verdi, lineamenti armoniosi, di statura medio alta.

Il loro sistema sociale consente alle donne di ricoprire cariche, anche molto elevate, in tutti i settori, fatta esclusione del reparto militare in cui predomina l'autorità maschile.

Vivono in città molto ben organizzate. La loro città principale è Pardish, ove vive la loro regina assoluta Tux'Adail.

Principalmente il loro astio nei confronti dei Kiruk è determinato dalle condizioni poco favorevoli nei loro confronti a riguardo dell'approvvigionamento dei viveri.

Tesay

Un popolo schietto, poco socievole, ritenuto dalle altre due etnie selvaggio. I Tesay vivono sul Gramhir'Rhà, Terre del Grande Cielo, al di là della Scogliera di Terra che segna il confine del loro territorio. Il Gramhir'Rhà è un esteso altopiano montuoso, difficile e aspro, tormentato da lunghi gelidi inverni durante i quali non è possibile vivere all'aperto.

Il segreto della sopravvivenza dei Tesay, perciò, è legato al Phyesal sa'Rhà, il respiro della terra: un liquido azzurro proveniente dalle profondità del pianeta che emana calore bruciando lento a contatto con l'aria. Infatti, i Tesay non hanno case, o meglio non secondo il comune senso della parola: vivono in grotte da loro chiamate Wèi, ovvero casa e si sostentano con la caccia e la raccolta.

Sono alti e robusti, capelli biondi o castano chiaro, folte barbe e occhi azzurri, sono di poche parole e spesso possono apparire bruschi quasi minacciosi.

Il loro sistema sociale non fa distinzione fra donne e uomini, ognuno collabora con la comunità secondo le proprie forze e le proprie capacità. Non esiste il concetto di proprietà, ogni cosa è comune. Aiutarsi è vitale per sopravvivere, pertanto non conoscono il significato della parola "grazie".

Ogni carica è mista anche quella di Adak.

Gli Adak sono una comunità interna ai Tesay: guerrieri molto ben istruiti che assicurano la difesa del territorio. All'età di sei anni i bambini vengono esaminati. I prescelti vengono avviati all'addestramento per diventare Adak. L'istruzione dura dieci anni, nell'ultimo anno vengono mandati in un territorio selvaggio a nord dei loro insediamenti. Se sopravvivono diventano Adak e, se in quel periodo vengono scelti come "fratelli" dai Jigkìr, giganteschi e pericolosi animali, vengono avviati a un ulteriore addestramento per diventare maestri Adak.

Etnie minori.

Archai

Mito e leggenda dei popoli di Neviv, ormai esistenti solo nelle leggende e nelle storie raccontate ai bambini. Nessuno sa che in realtà gli Archai sono i creatori delle razze di Neviv, come pure i creatori dei terrestri. Le loro origini risalgono a un lontanissimo passato e provengono, assieme agli Atlay, dal pianeta Aztlan.

Atlay

Uomini e donne dell'acqua (atl = acqua ay = uomini/donne), un popolo antico, che i Kiruk credono estinto. Un popolo dall'aspetto strano, silenzioso, che abitava in palafitte vicino al lago Nual, un vasto lago situato nelle Terre Selvagge.

Tes'Dhà

Tribù di origine antica ma comune ai Tesay situata nelle zone a nord – est sul Gramhir'Rhà. Non vivono in grotte, ma in case di legno in una piccola valle ben protetta dalle intemperie. Si differenziano dai Tesay soprattutto per modo di vivere. D'aspetto sono imponenti come i Tesay, ma hanno capelli neri e pelle più scura.

Lingue dei popoli di Neviv

Ogni etnia su Neviv ha una sua lingua che la caratterizza.

La lingua Sitka ha suoni molto secchi, le parole sono corte e spesso abbreviate, usano spesso consonanti s, z, h, k, il modo di parlare è veloce.

La lingua Kiruk ha suoni piuttosto gutturali, vengono usate molto le vocali a, u, o. I suoni sono più morbidi, le parole sono scandite e prive di abbreviazioni.

Sia i Sitka che i Kiruk conoscono entrambe le lingue, questo grazie agli scambi commerciali e al fatto che esistono anche meticci nati dall'unione di coppie miste.

La lingua Tesay ha suoni complessi, le parole sembrano tutte collegate una all'altra, ha un ritmo quasi cantilenante.

È una lingua particolare, fatta di unione di parole per definire un concetto.

Esempio la stessa parola Tesay è l'unione di due parole Tes = rocce Ay = uomini e donne quindi uomini/donne delle rocce.

Stessa regola per Phyesal sa'Rhà: Phyesal = respiro sa'= della Rhà = terra (suolo).

La lingua Tesay non è conosciuta. Nel racconto solo Atxeodon la sa parlare e l'ha insegnata anche a Heèri. I Tesay a loro volta parlano solo la loro lingua.

Gli Adak hanno mantenuto comunque la conoscenza della lingua Kiruk, ma viene insegnata solo ai M'Adak, maestri Adak, e ai comandanti di una torre di guardia o di una pattuglia al confine.

O
N
E
S
Territorio Jig'Kir
EXONIPUN
Tyoonir sa' Mhir
TERRE
GAR'ADAK
TESAY
Wei'zali sa' Was
WEI'TESAFEH
Terre Tes'Dha
WEI'JEELAN
Fvel sa'Rha
Lan O'Kelf
Lan O'Ghard
Gramhir'Rha
Phyesal sa'Ween
Lago Nual
Scogliera di Terra
Palude
SAMJAS
Fattoria di Kurr
Pianure di Sthun
TERRE KIRUK
TERRE SITKA
Torre Nera
Nord
Lance dei Morti
RODAR
H'Xil
Accampamento
Sitka
Torre Nera
Sud
Rod
WHURD
Confine
Pianure di Thichemp
Villaggio
Mairis
MARKEST
PARDISH
Grande Acqua

Sommario

Milton Keynes UK
Ingram Content Group UK Ltd.
UKHW040624210324
439796UK00002B/306